JN150788

庭の朝

大牧冨士夫句集

風媒社

庭の朝

句集　庭の朝＊目次

２０００年

小樽宿にて

歌碑ひとつゆきずりに逢ふ夏の街

夕立の過ぎゆく街や坂の上

脚絆巻きし日風化などはせぬ

歌碑かくし木立の下に夏の闇

伝令す声遠くなりて夏からす

兵われも巻きし脚絆や敗戦忌

夏の湖太古の朝の海に満つ

夏眩し白く崩れる磯の波

長涛やくづれる岩の海鵜かな

吹きおこる夏風浪は遠くのび
砂にしみ夏浪岩にかぶさるる
面を打つ音こだまして秋の庵

能面を打つ音すなり秋日和

大根芽の揃ひていのちありにけり

闇に虫煌めいてゐる秋の宿

大津で同期会があった

芙蓉咲く汀の宿や同期会

実石榴や思ひのたけを孕みけり

息つぎて坂のあたりや山澄めり

秋暑し寺訪ふ道は七曲り

大杉の昏き影さす秋の寺

寺の秋貫之が墓訪ひにけり

秋たけて叡山の大杉枯れにけり

大屋根やにはかに秋日暮れにけり

福井池田町へ行った

秋日暮異界に誘ふ能面堂

能面を彫る巨き手や秋の蝿

鬼女を彫る能面の里秋深し

末枯れたる菊捧げをり古き墓

秋暑し脛立て男ひとり居る

不機嫌に石榴の割れてをりにけり

六月の水をはじきて渡し舟

六月の風追ひ越して蝶とべり

2001年

電柱に糊なすりつけ冷たさや

子ら群れて夢殿秘仏時雨来る

寂かなり冬日の満てる鵄尾の空

大屋根は冬空をきる法隆寺

冬日たつものの怪こもり秘仏堂

竹林を透かしてたどる冬の寺

報恩講経読む僧ののど仏

柿吊し二階の窓の落ちつけり

ふり仰ぐ空の高さや木守柿

澄みゆけるフジ子・ヘミング冬の空

石榴噛むフジ子・ヘミング聴きにけり

黄に染めて地べた明るし石蕗の花

人ら老ゆ時の底みる十二月

十二月八日庭木と話しをり

裸木のいとしき日常日はゆるり

うつけたる埴輪のまなこ冬の空

うつけたる埴輪もみてる冬の空

うつけたる老いの目覚めや日々の冬

お降りの庭粛々と時ながれ
朝の雪きのふはげしく捨てて降る
雪天へ伊吹の尖る西の空

みかん剥く寡黙の一日終りけり
みかん剥く銀の齢（よわい）の昼下がり
深呼吸あたりたしかに春の色

来ぬ一枚探してさみし年賀状

初雪を掌にうけてみるこの軽さ

古障子移る日脚の時たしか

年明けてことなき雲はみな西へ

なつかしや古里訛りかるた会

逝く人の遺言で聞く春の唄

降りやまず雪掻く人の赤い靴
通りすぎ雪掻く人に声かけて
まめまめし雪掻く人の別の顔

幸徳ら縊られて九十年今朝の雪

冬麗の欅しばしは見てゐたき

つつ立てる枯木故なくさびしかり

ひと日降り春への刻を数へけり

不意の風春めきてわれ戸惑ひぬ

春の空ニルヴァーナの深き翳

春昼や盲ゐる義母（はは）の声やさし

春めくや鯉はしづかに動きけり

わがために春日縁先ぬくめをり

久闊の縁先ぬくとし誘はれて

いつぺんは庭に出てみる日永かな

剪定の枝も素直に日永かな

春の日に釘打つひびき心急ぐ

牡丹芽が炎のやうにのぞきけり

お松明火の玉を曳く僧の沓

お松明階（きざはし）鳴らす僧の沓

はげしかり修二会（しゅにえ）の僧の沓の音

火の消えし修二会の夜の昏さかな

大鹿の闇に籠もれるお水取

乱れ雲代田四角に走りけり

珈琲のつよく匂ひて花ぐもり

ゑんどうに手をやる朝や花ぐもり

庭昏れて山すずらんの白きかな

いつまでも孕鳥ゐる日なたかな

行き逢ひて花見の顔で別れけり

さくら咲く風舞ふ道のつづきけり

花を見て人見て堤暮れにけり

花の散り風舞ふ里の田舎道

剝きだしの赫土に降る春の雨

萌ゆ草へ柔らかすぎる一日雨

満たされて寡黙なる午後花だより

庭若葉乳匂ふ子と一日かな

庭若葉にんげんのみなやさしかり

乳匂ふ子の足ずりや青葉風

ふくふくと笑ふみどり子五月かな

乳匂ふ子とゐる五月の風の中

青葉闇故事茫々古文書読む

三日月に豌豆の花白浮けり

花あやめ眠りの足らぬ日も暮れり

一隅に鉄線一花咲きにけり

甘き香に小さき思ひ出みかん花

薔薇紅し狭庭に無言王者かな

春田道墓場へ多くの人通す

世々生々嗤ふほかなし花石榴

夏の山目をやるたびに広がれり

たたなはる夏山のはて天の涯
立山や天おし上げて夏となる
鹿島槍天辺夏の澄みわたり

右曲がり渓へ落ちゆく夏小道

深緑雪解川から這ひのぼり

雪の壁夏空せばめ続きけり

雪傷みやさしく木々は緑はる

深緑断ち切るばかり雪崩跡

蘭の匂ひ八畳の間の広さかな

端座して蘭の匂ふ間の涼しさよ

昼寝覚見知らぬ吾のをりにけり

昼寝覚いのちの時間(とき)の底見ゆる

昼寝覚埒なきことを夢に見て

早寝する身ぬちの虚空もちあぐね

みじかき命の
月下美人薄命といふ白さかな

水撒きを好きときめたる昨日今日

立ち上がることの嬉しき孫の夏

灯を消して月下美人を見に出づる

河童忌とたしかむる日の寂しかり

琵琶湖畔にて

思ふことひとつ線香花火かな

月つつむ雲の下なる大花火

音もなし湖越えてみる花火かな

日の入りし湖に聞き入る秋の蝉

うきくさの果てなき水の疲れかな

見とどけむ飄々ととべ鬼やんま

日のほてりまだある浜の夕蜻蛉

夕蜻蛉尾をひたしゆく水の窪

とんばうや尻うつ浜の真昼かな

夕蜻蛉日の入る湖のまぶしかり

夕蜻蛉何かが見えて高くとぶ

なつめ熟れこころかすめし人ひとり
なつめ熟れ今日もきのふの空のあり
風わたる太閤三昧秋の声

秋風の林を抜けてくちなし忌

蕎麦食ふて残暑のなかのくちなし忌

詩碑涼し鈴子のいつか棲みし跡

道連れのふるさと訛り墓参り

秋の墓地思ひがけなき人と逢ひ

喪の家は秋の草わけせまき道

新涼の風のやさしさたづね人

余生なぞ問はれてをかし秋の夜

休耕田背にしてコスモス咲きにけり

コスモスの近道をする一年生

倒れ伏して秋ざくらまたやさしかり

倶会一処人見ぬ里の秋ざくら

ひょうひょうと風音ばかり伊吹は秋

胆癌の友の便りの夜寒かな

コスモスや口を噤(つぐ)んで風の中

通学路近道にあり秋ざくら

どの道もコスモスだけが咲いてをり

蒼天をわかちて高し秋伊吹

秋西日はるか故郷の山に居る

2002年

山茶花のそれぞれに散る時のあり

冬渚海は裸身をさらしけり

殷々と冬の音する海なりき

尾根筋に冬日残して磴の道

大空を抜けて冬日に塔立ちぬ

時雨きて暗き石磴吾ひとり

戯れて冬のリフトの客となり

ぬくもりは終の棲家の柿すだれ

雲ながる空ほしいままかりんの実

青空が黄に染まりゆくかりんの実

柿つるしつかの間の憂さ忘れけり

藁堆にやはらかな日の射してをり

冬飢饉慶応三年村文書

朽ち葉踏む庭の片隅子のおもちゃ

冬麗や飛檐垂木の塔高し

木洩れくる光やはらか冬日向

饒舌の果て寂(さび)しかり忘年会

捨てきれず未練ばかりの年の暮

雪ふれば雪ふるまゝの一日かな

雪はげし暮れゆく街の灯の赤き

雪降る日女の傘の華やげる

歳ひとつ重ね候春を待つ

故郷の昔がたりやかまいたち

さびしき日あつめてひかり冬木の芽

冬林檎剝く手に老いを覚えけり

冬林檎くさめこらへて剝きにけり

大寒や廊下の闇のしじまかな

春待つとつぶやいてみる夜しじま

めまひして雪見る障子しめにけり

暮れてゆく霙は雪になりにけり

白梅や忌中の家の垣根ごし

夕闇にひととこ明かし庭の梅

畑の梅伊吹は遠く晴れてをり

「故陸軍――」碑のある畑の梅白し

行きかひし女のラジオ梅の路

冴かへる村の地蔵の前小道

多喜二忌や草焼く火色あかあかと

多喜二忌や句稿に入れる朱のあかさ

喪の家の梅は閑かに咲きにけり

梅一輪あやしきまでに日に展き

畑の梅媼はひとりラジオ聞く

草を焼く媼座りてをりにけり

涅槃西風目に入るものは皆萌えて

涅槃西風子午線のぼる風の音

暖かやなにか弾ける音のして

クロッカス咲いてるあたり風動く

ひと枝は名残りの雪に添ひて咲き

旨しかな雛にかづけて昼の酒

雪解光伊吹は今日もかすかなり

いと明し名残の雪の照りはゆる

風光る柿畑はてなく続きをり

あはあはと名残の雪の降りにけり

朝羽振る数ふるものは春の声

ひと雨とひと雨ごとの銀杏の芽

銀杏の芽大空支へをりにけり

膝屈しうづくまる目に芝桜

花咲いて小悪魔が首跳ねまはり

散るさくら磴道に捨てし独り言
散るさくら盈虚（えいきょ）の底のさんざめき
さくら散る記憶の闇の高笑ひ

アフガンに続く空かなさくら散る

さくらさくら風にほどけて散りにけり

花を見て人に笑ひて帰りけり

いづれまた独りにかへるさくら道

棕櫚の花かざれる空の真青なり

柿若葉条里の跡を隠しけり

柿若葉体のなかを風の吹く

柿若葉終の日の齢数へをり

てつせん花群がりてゐてさぶしかり

うつし世は仏の虚言(そらごと)てつせん花
青時雨吊り橋の索赤く錆び
吊り橋もしとどに濡らせ蕗の雨

蕗の雨吊り橋からはせまき路
久々にゐもりに遇ひし沢の路
戯れてゐもりの腹をかへしみる

梅雨時雨濡るゝほかなし溶岩(らば)の道

ひとしきり溶岩原濡らし夏の雨

夏の雨浅間は遠く昏れてをり

夏暁に独り湯ノ花売る男

瘴気盈つ湖見て戻る夏の山

死の湖を抱き白根は夏深し

夏宿の朝の湯もみをたのしめり

夏の天まぢかに石礅白根山

伊吹から風をあつめて麦熟るる

麦熟るゝ香に惹かれ入る畑道

夏川の昏れて巨きな鯉の居り

銀閣寺まぢかに杜の夏館

夏の闇鼻欠け地蔵京の庭

水面なめ緋鯉沈みて夏昏るゝ

夏の池ざはめきをさめ昏れにけり

羅やまとひし裾のたよりなき

広縁に大文字見ゆる夏館

時計草幼き時を刻みをり

時計草真昼にいささ動くらし
亜麻色の日焼けのしるき終電車
裾さばきもてあましをり白絣

渇くよな女のさかり白絣

月涼し大文字山見ゆる庭

まなうらに母が掬む手や岩清水

青き葉に掬みてこぼる岩清水

青柿のさはればあたり青充満

雷光の青柿ひとつ照らしをり

堪ふること今はなつかし敗戦忌

ゆるやかに一日の暮れて敗戦日

夏帽を目深に若さ歩いてる

朝顔の紺一輪や孫の鉢

空耳の起床喇叭や敗戦忌

老いてまた「大義の末」の敗戦忌

われらみな兵士であつた敗戦忌

踢まれば地は神々の秋の色

地に滲みて虫の声する一夜かな

誰かゐて秋の岬に烟たつ

急転舵かぶさつてくる秋の空

なつかしや「梨の花」故地早稲実る

早稲の香を分け入る径に小さき碑

早稲実るゆかりの墓を訪ねけり

どこまでも「昭和」谺す九月かな

重治の碑のあるところ早稲実る

右転舵秋浪白く切り裂けり

風うけて面舵ようそろ秋の湖

実石榴の眩しきばかり朝なりき

実石榴の天指し地指しをりにけり

瞑目し石榴のはぜる音聞かむ

石榴裂けひたぶる人のこひしかり

石榴はぜ虚空にこだま聴く日かな

差し交はし揺れてをりけり秋桜

木犀の香れる窓に倚りにけり

秋の日は石川門にかがよへり

病葉も流れてゐたり浅野川

夜咄や滅びし民の山語り

夜咄や誰か故郷を思はざる

わが　はいく——句集にそえて

わが　はいく、俳句などというものがもとよりあるわけではない。
今年、五月十日に、九十歳になったぞと言われてみて、こうして俳句らしきものがあり、まとめておいてはどうか、とつれあいに奨められて、では、林桂吾さんの世話になり、印刷しておこうかということとなった。
わがこころを俳句という文学型式により、残しておこうかという覚悟などというか、そういうおぼえをもったこともない。俳句にはある文学として内容、型式があるが、それが分かっているのではもとよりない。
ここに集められたぼくの句は、俳句誌「つちくれ」に投稿して、残されてきた。

俳句誌「つちくれ」は、水野吐紫さんが創始され、ぼくが初めて知ったころは、柴田由乃さんが新主宰して継承されていた。
同誌第153号（1994年4月）にはこう書いている。…　今般、亡き師の遺志を継承すべく新主宰に柴田由乃さんを推挙致し、新生「つちくれ」発足となりました…　と。
柴田さんは、句歴15年であるという実力者、俳句巧者であったが、普段は、どうしても俳句は巧くならない、今も遊び七分に俳句三分が抜けきれないでいる、せめて五分に、たのしんで俳句を作りたい、などと宣うていた。
ぼくは俳句三分にもならないところで、その俳句仲間に近づいて、今もそのままでいる。

あるとき、こういうことがあった。
中国へもともに旅をして親しかった苅部幸子さんが、友人柴田由乃さんが、俳句をやっている。今度、その俳句誌の主宰となって新しい仲間をもとめていると口ごもりながらやさしく言う。つまり、その仲間にぼくにもはいるように誘われたのだった。下手クソでいいから、身近の事柄を俳句らしく、その型式にしたがってまとめてみればいいよ、という。ぼくなら、出来そうだ、出来るからと、つよくそそのかされた。

気心のしれた苅部さんのことばであり、そそのかされるままに書いたのが、ことの始まりであった。

叔父の忌や田舎豆腐に蚊遣り番
蕗の薹母の真似して味噌で焼く
颱風のほしいままなる庭の朝
天蒼々八重桔梗咲き古書拓く
石蕗咲けり老いらくの恋の書を閉じぬ
暮れ早しパートの妻をひとり待つ

初めのころの句は、読み返すとただ、なつかしい。

下手くそでいい、自分に納得できればいい、と書いて投句したのだった。

下手は当然のことで、恥ずかしくはない、とそれは今につづいている。もとより、ことがらのすべての責めは、そそのかしたその人にあるのではない。言葉を綴った、その言葉を書いた当人にある。

大牧冨士夫

1928年5月10日　徳山村漆原に生まれ育つ　当九十歳

大牧冨士夫（おおまき・ふじお）
1928年、揖斐川源流旧徳山村漆原に生まれ育つ。岐阜大学卒。郷土史に関心をもち『徳山村史』などの編集に加わる。1985年徳山ダム建設計画により離村。編著書に『郷土資料―揖斐郡徳山村方言』、『たれか故郷を思わざる』、『徳山ダム離村記』、『大正三年「前川民衛日記」―美濃徳山村漆原』、『異郷の同時代風景』、『中野鈴子―付遺稿・私の日暮れ、他』、『ぼくの家には、むささびが棲んでいた ―徳山村の記録』、『あのころ、ぼくは革命を信じていた―敗戦と高度成長のあいだ』、『ぼくは村の先生だった―村が徳山ダムに沈むまで』などがある。

句集 庭の朝

二〇一八年十一月三十日　第一刷発行

著　者　大牧冨士夫
発行者　山口 章
発行所　風媒社
名古屋市中区大須一―一六―二九
〒四六〇―〇〇一一
電話　〇五二―二一八―七八〇八
振替　00880-5-5616
ISBN978-4-8331-5357-7
印刷所　モリモト印刷
＊定価はカバーに表示してあります